LES

UNIVERSITÉS ALLEMANDES

ET

LES SÉMINAIRES FRANÇAIS

PAR

L'ABBÉ ÉLIE MÉRIC

PROFESSEUR DE THÉOLOGIE MORALE A LA SORBONNE

EXTRAIT DE LA *REVUE DU MONDE CATHOLIQUE*

PARIS

SOCIÉTÉ GÉNÉRALE DE LIBRAIRIE CATHOLIQUE

Victor PALMÉ, Directeur général

76, rue des Saints-Pères, 76

BRUXELLES   GENÈVE
12, rue des Paroissiens, 12   4, rue Corraterie, 4

1884

LES UNIVERSITÉS ALLEMANDES

ET LES SÉMINAIRES FRANÇAIS

PARIS. — E. DE SOYE ET FILS, IMPRIMEURS, 18, RUE DES FOSSÉS-SAINT-JACQUES.

LES

UNIVERSITÉS ALLEMANDES

ET

LES SÉMINAIRES FRANÇAIS

PAR

L'ABBÉ ÉLIE MÉRIC

PROFESSEUR DE THÉOLOGIE MORALE A LA SORBONNE

~~~~~~~~~~~~~~~

EXTRAIT DE LA *REVUE DU MONDE CATHOLIQUE*

~~~~~~~~~~~~~~~

PARIS

SOCIÉTÉ GÉNÉRALE DE LIBRAIRIE CATHOLIQUE

Victor PALMÉ, Directeur général

76, rue des Saints-Pères, 76

BRUXELLES | **GENÈVE**
12, rue des Paroissiens, 12 | 4, rue Corraterie, 4

1884

LES UNIVERSITÉS ALLEMANDES

ET LES SÉMINAIRES FRANÇAIS

I

Les esprits qui s'intéressent, en France, à l'évolution des sciences profanes et des sciences religieuses, suivent, avec une attention mêlée de grandes espérances, les réformes commencées ou promises dans l'enseignement supérieur par des hommes éminents, qui veulent maintenir notre Université à la hauteur des grandes écoles voisines et rivales des pays étrangers. Les théologiens catholiques, frappés du changement de front des ennemis de l'Église et du mouvement qui les force à se défendre sur le terrain pratique des études naturelles pour conserver à la religion son prestige nécessaire et son autorité sur la raison, cherchent, eux aussi, à ouvrir des chemins de communication entre la théologie et les sciences expérimentales; ils voudraient renouveler et vivifier par un esprit nouveau l'enseignement séculaire donné dans nos écoles, organiser la synthèse et démontrer l'harmonie puissante de toutes les sciences profanes et religieuses, ce rêve de tous les grands théologiens des siècles passés, et faire cesser, par une large exposition de la vérité chrétienne, les oppositions qui règnent, je ne dis pas entre la religion et la science, une telle pensée impliquerait contradiction, — mais entre la religion et des hommes qui ont fait de l'étude des sciences naturelles l'occupation de leur vie.

Des publications récentes sur ces graves problèmes ont été accueillies avec un succès bruyant en France, en Allemagne, en Italie; elles répondent à l'attente, à l'inquiétude, à la préoccupation des esprits dans le temps présent.

Le savant doyen de la faculté des lettres de Lyon, dont les beaux travaux sur la littérature allemande ont forcé l'admiration de nos ennemis d'au-delà du Rhin, M. Heinrich, a décrit, avec une parfaite exactitude et une grande modération, la crise scientifique et religieuse que nous traversons.

Qui n'a gémi, écrit M. Heinrich, parmi les catholiques éclairés, de cette sorte de divorce qui s'est opéré entre l'Église catholique et le courant de la science moderne? Divorce plus apparent que réel, mais que tous les ennemis du christianisme ont le plus grand intérêt à proclamer, et qu'ils espèrent bien rendre définitif. Il en est résulté que, sauf un petit nombre d'exceptions, les jeunes prêtres ne sont pas au courant du mouvement scientifique et littéraire; qu'ils connaissent peu et mal cette société qui se prétend éclairée, et dans laquelle un certain nombre d'entre eux sont appelés à exercer leur ministère; que, d'autre part, les classes dirigeantes, ou soi-disant telles, n'ont plus aucune notion d'une saine théologie, qu'elles ne connaissent le christianisme que par les attaques que dirigent contre lui des hommes qui ont tout appris, sauf cette religion qu'ils se mêlent de juger. Les ecclésiastiques qui s'occupent de recherches philosophiques et scientifiques ne savent pas même toujours où est le péril, et dépensent souvent infiniment de temps, de patience et d'efforts à refuter des objections déjà surannées, comme des ingénieurs qui fortifieraient des passages par où l'ennemi ne songe plus à pénétrer, lui laissant libres d'autres voies qui le mèneront au cœur de la place.

Les amis et les ennemis de l'Eglise chrétienne reconnaissent donc loyalement les lacunes de notre enseignement théologique et l'urgente nécessité d'une réforme. Trop souvent aussi, il faut bien l'avouer, les uns et les autres sont obsédés par la pensée des universités allemandes dont on exagère peut-être l'importance, et l'on justifie cette parole de Winthorst, dans une assemblée des catholiques : « Avant la guerre de 1870, nos compatriotes imitaient servilement les Français; aujourd'hui, c'est tout le contraire, les Français veulent imiter les Allemands, mais ils laissent nos qualités et ils prennent nos défauts. »

Il faut reconnaître et louer les qualités sérieuses du peuple allemand, sans s'arrêter, comme on le fait avec tant d'injustice et de légèreté, aux descriptions fantaisistes de la morgue militaire, de l'orgueil pesant, de l'inconduite et des duels de la jeunesse bruyante qui peuple les universités allemandes. Nous avons, nous catholiques, des griefs plus sérieux. Nous n'avons pas le droit d'oublier les lois de mai et l'œuvre néfaste du *Kulturkampf*.

Les Églises soumises à la surveillance tracassière de l'État; l'éducation du clergé, la nomination et la révocation des desservants ecclésiastiques, réservées à l'État, au mépris des sages libertés reconnues par la constitution prussienne de 1850; des légions de prêtres courageux et irréprochables condamnés à des amendes énormes et à la prison; les archevêques et évêques de Posen, de Trève, de Cologne, de Paderbornn et de Munster arrêtés, garrottés et jetés en prison; des peines draconiennes décrétées contre tout prêtre qui oserait exercer les fonctions ecclésiastiques sans la permission de l'État dans les paroisses privées de pasteur; les séminaires fermés et leurs élèves condamnés à chercher en Belgique, en Hollande, à Rome un asile pour leur préparation au sacerdoce, voilà des faits et des dispositions légales qui, malgré certaines concessions récentes arrachées au chancelier d'Allemagne par l'habileté du centre et par la crainte des socialistes révolutionnaires qui campent aux portes du Parlement, méritent la réprobation de tous les amis du droit, de la justice, de la civilisation et de la liberté.

Si vous considérez, ensuite, ces universités que je veux étudier et qu'on loue sans mesure, avec excès, là encore, les droits de l'Église ont été méconnus et violés. Le chancelier de l'Empire a trouvé chez les vieux-catholiques des auxiliaires complaisants, dans la guerre implacable qu'il a déclarée à la cour de Rome, et après avoir décrété des lois injustes pour leur assurer une part considérable des revenus qui appartenaient antérieurement à l'Église catholique, il a favorisé leur installation dans les chaires 'logiques de l'enseignement supérieur. A l'université de Bonn, si chère à la famille impériale, sur six professeurs de la faculté de théologie, trois se déclarent encore aujourd'hui vieux-catholiques, et l'un deux remplit, en ce moment, dans cette université célèbre, les fonctions de recteur.

Sachons donc éviter le dénigrement qui est la faiblesse des petits esprits, et ces enthousiasmes irréfléchis qui nous font louer sans justice, au mépris de la liberté des consciences, des droits si respectables des opprimés, des propres traditions de notre génie national, toutes les institutions et jusqu'aux iniquités de l'Allemagne. N'oublions pas que nos louanges excitent même quelquefois, dans le cœur des vaillants catholiques des provinces rhénanes, si grands et si résignés dans la persécution, un étonnement douloureux dont j'ai recueilli souvent l'expression amère. « Voyez-vous cette prison, me disait, il y a quelques jours, le docteur *Pigsmann*, dans une rue solitaire de Cologne, c'est là que notre saint archevêque a été enfermé. » Plus loin, en présence du grand séminaire, il ajouta avec tristesse : « Depuis sept ans, ce séminaire est fermé; il nous est défendu d'y recevoir des élèves »; et pendant que j'admirais les magnificences, aériennes de la cathédrale, récemment achevée et veuve de son premier pasteur, il ajouta avec une indicible expression de douleur : « Nous comptons aujourd'hui, dans ce grand diocèse de Cologne, trois cent quinze paroisses, sans curé. La foi se conserve encore, mais les mœurs souffrent beaucoup! »

II

Après avoir fait ces réserves commandées par la justice, nous pouvons entrer dans ces universités allemandes si étroitement unies au passé et si fières de leurs antiques privilèges. L'enseignement supérieur de la théologie est à créer chez nous; il existe en Allemagne, avec des avantages et des conditions que nous avons le droit de louer et d'envier. Je n'étudierai ici que les grandes lignes de l'organisation des principales universités.

MUNICH.

Quand une chaire est vacante à la faculté de théologie de Munich, les professeurs se réunissent, choisissent un candidat, à l'élection, et le présentent au roi par l'intermédiaire du Sénat académique. Après une entente préalable avec l'archevêque de Munich, le roi agrée, s'il le juge à propos, le nouveau professeur et signe sa nomination. Le doyen de la faculté de théologie est nommé *pour un an*, et choisi entre les quatre plus anciens professeurs; c'est lui qui, pendant l'année de sa charge, prend l'initiative des propositions envoyées au Sénat académique; il convoque la faculté, préside les séances et les examens, fait lui-même l'inscription des élèves en théologie et des candidats au doctorat, etc.

Les professeurs reçoivent un traitement de l'État. La faculté de théologie prise séparément n'a pas les privilèges de la personnalité civile, ni les droits de corporation, mais ces droits appartiennent au Sénat de l'Université, où la faculté de théologie est représentée par deux de ses membres. Le collège des professeurs, pris d'ensemble, ne dépend pas de l'archevêque de Munich, mais chaque professeur reçoit de lui ses pouvoirs spirituels.

Tous les professeurs des facultés de théologie, de droit, de lettres, de médecine et de sciences, sans distinction d'enseignement ou de confession religieuse, sont égaux, soumis aux mêmes règlements, en possession des mêmes privilèges et dans les mêmes rapports avec l'État. Quant aux étudiants en théologie, ils sont à leur gré ou internes ou externes. Les premiers vivent dans le *Georgianum*, séminaire des clercs adjoints à l'Université. Les autres qui habitent la ville ne sont pas, cependant, condamnés à l'isolement. Ils rencontrent fréquemment leurs collègues de la faculté de théologie et des autres facultés dans les cercles d'étudiants qui ont été fondés dans les principales villes universitaires d'Allemagne; et c'est là que se forment de bonne heure, avec le charme de la jeunesse, ces longues amitiés de la vie, qui rapprochent jusque dans la vieillesse les classes diverses de la société.

Après leur dernière année d'études théologiques, les étudiants se rendent dans leur séminaire diocésain, pour y étudier la pratique du ministère et se préparer au sacerdoce. Du reste, pendant leur séjour à la faculté, les élèves en théologie ne sont pas privés des exercices religieux, et tous les dimanches et les jours de fête, ils se réunissent aux étudiants des autres facultés, et assistent aux offices qui sont célébrés pour eux, dans la chapelle de l'Université.

TUBINGEN.

Les professeurs de la faculté de théologie de Tubingen sont inamovibles comme les professeurs des autres facultés, et nommés dans les mêmes conditions. La faculté de théologie présente au Sénat académique, composé de tous les professeurs ordinaires, trois candidats, quand une chaire devient vacante, avec les titres scientifiques qui justifient son choix. Après une discussion sur la valeur intellectuelle et morale des candidats, le Sénat fait une présentation au ministre qui, d'accord avec l'autorité diocésaine, et après délibération, ratifie ordinairement le choix antérieur de la faculté.

Le recteur est nommé par le ministre ou par le roi, pour un an seulement, et pris dans la liste des trois candidats présentés par le Sénat académique. Le doyen est aussi nommé pour un an, par le vote de la faculté ; il est, pendant la durée de sa charge, à la tête de la faculté comme le recteur à la tête de l'Université. Là aussi nous retrouvons des élèves internes et des externes, confondus dans la liberté d'une vie commune, avec les étudiants de la faculté de théologie protestante et des autres facultés. Après un an de philosophie et trois ans de théologie, les étudiants se retirent dans leurs séminaires respectifs, et sont promus au sacerdoce après une sérieuse préparation d'une année.

FRIBOURG-EN-BRISGAU.

A part quelques modifications sans importance, la même législation régit l'université florissante de Fribourg. Les professeurs ne sont inamovibles qu'après cinq ans d'exercice, et ils sont nommés par le gouvernement, avec l'agrément de l'archevêque, et d'après une liste présentée par la faculté. Le recteur est nommé pour un an, par le Sénat académique (*plenum*), approuvé par l'archiduc, et pris successivement dans chacune des quatre facultés. Le doyen est élu et ne conserve sa charge que pendant un an. Tous les professeurs, ordinaires et extraordinaires, sont rétribués par l'État, jouissent des mêmes droits, sous l'autorité du Sénat académique chargé de la défense des intérêts généraux de l'Université.

Les étudiants sont internes ou externes. Les internes, très nombreux, vivent et travaillent dans un pensionnat érigé par les soins de l'archevêque, d'accord avec le ministre de l'instruction publique, et dirigé par un professeur de la faculté. Tous les élèves en théologie ont des rapports fréquents et fraternels avec les étudiants des autres facultés. Ils assistent ensemble à des séances philosophiques, scientifiques et littéraires, et se mêlent ainsi, dans une sage mesure, à la vie même de la société. Après trois ans d'études théologiques (*triennium academicum*), les aspirants au sacerdoce entrent au séminaire des prêtres de l'archevêché, y passent un an ou deux, et reçoivent les ordres majeurs. Depuis les lois de mai, les séminaires qui étaient sous la direction exclusive des évêques ont été fermés, mais l'on a maintenu les huit facultés universitaires de théologie établies à Bonn, Braunsberg, Breslau, Fribourg, Munich, Munster, Tubingen et Wurtzbourg.

Wurtzbourg.

La faculté de théologie de Wurtzbourg, voisine de celle de Munich, mais pure de toute alliance avec les vieux-catholiques, est l'une des plus estimées et les plus fréquentées de l'Allemagne. Son organisation ne diffère pas sensiblement de celle des autres facultés. Les professeurs sont salariés par l'État; ils sont nommés par le roi et l'évêque, après la présentation faite par le Sénat académique et par la faculté. Le recteur et le doyen sont renouvelés à l'élection, tous les ans, et l'Université administre ses riches revenus, par l'intermédiaire d'un comité de finances où siègent quatre professeurs nommés par la corporation universitaire.

Si les élèves en théologie ont des rapports faciles, affectueux avec les étudiants des autres facultés, les mêmes rapports règnent aussi entre les professeurs : « J'ai toujours eu d'excellents amis, nous écrit le célèbre docteur Franz Hettinger, dans la faculté de médecine et dans la section mathématique et physique de la faculté de philosophie. J'entretiens aussi de très bons rapports avec des professeurs de philosophie et de philologie. Si nous n'avions pas ces rapports, comment pourrions-nous connaître et suivre le mouvement, le flux et le reflux des lettres et des sciences, ou nous tenir au courant des nouveautés scientifiques et des publications les plus importantes qui intéressent l'apologétique de notre temps? »

Cinq associations ou cercles catholiques rapprochent, dans une intimité sans péril pour les vocations sacerdotales, les élèves en théologie et les étudiants des autres facultés. Deux séminaires, l'un pour le diocèse de Wurtzbourg, l'autre pour le diocèse de Fulda, réunissent les clercs, pendant leur préparation aux ordres majeurs.

III

Telle est, dans ses grandes lignes, l'organisation des facultés de théologie en Allemagne et la loi qui régit l'Université. Nous pourrions faire d'utiles emprunts à cette organisation qui rappelle, d'une manière frappante, les anciennes institutions universitaires de la France, et modifier sur quelques points la vie administrative de nos propres facultés.

Le renouvellement annuel du doyen, tel qu'il se pratique en Allemagne, a de sérieux avantages, et l'on pourrait le souhaiter à notre Université. Le décanat à vie, tel qu'il existait chez nous, il y a quelques années, était plutôt nuisible qu'utile aux intérêts souvent négligés, délaissés de nos facultés. Par le caractère même de ses attributions, par sa haute situation indépendante et par l'habitude des commandements, le doyen qui pouvait braver impunément les doléances et les vœux de ses subordonnés, acquérait insensiblement une puissance qui ne laissait aux professeurs découragés, ni indépendance, ni autorité, ni influence dans le gouvernement de la faculté. Le doyen élu pour un an, et par ses collègues, se souvenant de ce qu'il était hier, et sachant bien ce qu'il sera demain, conserve ces sentiments de déférence, de respect, de bienveillance mutuelle, qui doivent régner entre des hommes qui ont les mêmes droits. La bonne administration des affaires n'a rien à perdre, et les rapports affectueux des professeurs ont tout à gagner au renouvellement annuel du doyen de leur faculté.

J'envie aussi à l'Allemagne la désignation et le choix des professeurs par les membres mêmes de la faculté. Cette élection pratiquée avec tant d'avantages, de sagesse et d'intelligence dans toutes les facultés de théologie allemandes, et qui était de droit dans notre antique Sorbonne, avant la Révolution française (1), n'a pas été maintenue dans le décret impérial de 1808, qui réorganise l'enseignement théologique dans notre pays. Je le regrette. Les professeurs d'une faculté sont trop intéressés à maintenir la bonne réputation de leur corporation, à conserver leur prestige auprès des autres facultés, à mériter l'estime de tous, pour se laisser entraîner à de misérables cabales qui compromettraient l'honneur et l'autorité qui leur est nécessaire. Ils choisiront toujours le plus digne par la vertu et par le talent. Le nouveau professeur entre avec plus de confiance, dans la famille qui le choisit, l'appelle et s'estime heureuse de rendre hommage à ses qualités. Le concours a de grands avantages, je le veux bien, mais il a des hasards aveugles et il commet souvent des erreurs lamentables. Je n'hésiterais pas à préférer un savant connu par ses travaux et par une réputation solidement établie, à un candidat qui, dans un jour de fortune, aura triomphé avec éclat des jeux capricieux d'un concours où la faveur peut se cacher sous les apparences même de la justice.

Les rapports fraternels, ce perpétuel échange d'idées, de senti-

(1) Voir notre étude : *la Sorbonne hier et aujourd'hui*.

ments, de science entre les professeurs des diverses facultés, voilà bien encore des avantages dont nous sommes privés et que nous pouvons envier aux universités allemandes! Quelle vérité dans cette parole d'un professeur qui a vu de près le mal dont nous gémissons : « Nos facultés d'État forment toujours des agglomérations et non des corps. Elles sont encore comme les rayons d'un cercle, qui aboutissent tous au même centre qui est le ministère et n'ont entre eux aucun point commun. »

Aucun point de contact entre les professeurs des diverses facultés, la séparation, l'isolement, quelquefois même l'hostilité malséante d'un professeur qui demande l'expulsion de tous ses collègues d'une autre faculté, et même la suppression de la faculté dont l'enseignement religieux offense sans doute les sentiments libéraux de sa conscience timorée, voilà le triste spectacle que nous donne en ce moment l'Université française. Pourrait-on ne pas en gémir? Et cependant, ouvrir des chemins de communication entre toutes les sciences, fonder la science comparée qui est la vie et la fécondité, en opposition avec la science séparée qui est la stérilité et la mort, rapprocher tous les représentants des sciences humaines et divines, par des rapports toujours respectueux, quelquefois fraternels; vivifier la théologie par les sciences et repousser les vaines attaques comme les hypothèses téméraires d'une science imprudente, par une large et intègre exposition de la vérité dogmatique et des éternels principes de la logique; faire la paix sociale [dans les hautes régions de l'enseignement supérieur pour la faire descendre insensiblement dans tous les esprits, n'est-ce pas une œuvre qui devrait tenter le courage et la volonté des hommes qui tiennent dans leurs mains la fortune de la France?

Il ne suffirait pas, pour atteindre ce but, de créer des facultés séparées dans différentes régions académiques, il faudrait organiser des universités ou des groupes unis de facultés.

Je sais bien que la communauté de vie avec les étudiants des autres facultés peut avoir des inconvénients pour les élèves en théologie, et qu'elle inspire des inquiétudes que je ne veux pas cacher à des membres éminents de l'épiscopat. Ici, en effet, les avis sont différents. A l'Académie de Munster, en Westphalie et à Braumberg, au diocèse d'Ermland, il y a une faculté de théologie et une faculté de philosophie; il n'y a pas d'université. Il en est encore ainsi aujourd'hui à Freixing, Ratisbonne, Bamberg, Dellingen et Eichstett. Il y avait également un séminaire et une faculté de théologie à Mayence, avant les lois de mai. Aujourd'hui la faculté est supprimée et le séminaire est fermé. Tout récemment, encore, un évêque allemand, caché sous un pseudonyme qui laisse deviner son auteur, a publié, sur la formation du jeune clergé, un travail intéressant favorable aux partisans des séminaires séparés.

Mais j'ai aussi sous les yeux les témoignages et j'ai reçu les dépositions de plusieurs doyens des principales facultés d'Allemagne; ils sont tous favorables à la conservation des rapports qui existent, depuis longtemps, entre les étudiants des diverses facultés; ils voient avec plaisir s'élargir dans ce commerce affectueux l'esprit et le caractère des élèves, se former des amitiés qui auront un effet salutaire aux heures difficiles de la vie, et commencer, dans le milieu paisible et mêlé de la seconde éducation, cette alliance de l'Église et de la société civile, si favorable aux véritables intérêts de la patrie.

Les associations catholiques d'étudiants, et l'année sérieuse de recueillement qui couronne la vie universitaire des élèves en théologie, leur semblent d'ailleurs une protection suffisante contre les écueils qui pourraient faire sombrer les vocations sacerdotales.

Il ne m'appartient pas de trancher ici cette grave question. Mais n'oublions pas que l'unité pacifique du pays se fait là, dans ces centres d'études, plus facilement que dans une caserne et sur un champ de bataille.

Cette vie commune, ces rapports fraternels entre les étudiants, ce perpétuel échange de vues scientifiques entre les professeurs, découlent, en Allemagne, de l'indépendance, de l'autonomie des universités, et du soin jaloux avec lequel elles conservent leurs traditions séculaires. La centralisation a des avantages, sans doute, elle a aussi de mauvais résultats. Embrigader tous les professeurs d'un grand État, les placer en faction sur différents points du territoire, les condamner à ne jamais quitter des yeux le pouvoir central qui leur envoie traitement, programme, direction, privilèges; un tel régime ne peut pas être l'idéal des peuples libres; il rappelle trop le souvenir des idoles qui ont des yeux et ne voient pas, des pieds et ne marchent pas, des oreilles et n'entendent pas. L'homme perd dans cette situation précaire le sentiment de la dignité personnelle et de la liberté; il perd l'initiative quelquefois téméraire dans ses essais, souvent aussi féconde, qui fait les découvertes et marque les grandes époques de l'esprit humain. Il faut accoutumer l'homme à féconder lui-même, par le travail libre, toutes les forces déposées dans son âme et lui donner la plus haute idée de sa responsabilité. Créer en province des universités, leur accorder, avec sagesse, l'indépendance et l'autonomie; favoriser l'émulation de ces sœurs jamais rivales, toujours unies dans la variété même de leur direction, encourager la dotation de ces universités, dont les intérêts matériels seraient confiés à une commission nommée par tous les professeurs, voilà nos vœux; ils nous sont inspirés par l'exemple de l'Allemagne et par l'amour de notre pays.

Je ne sais pas s'il convient de confier au même professeur la leçon principale et publique qui s'adresse à tout le monde, et la leçon technique réservée aux étudiants qui veulent obtenir les grades universitaires. La préparation consciencieuse d'une leçon publique exige des soins et une préparation qui suffisent, au témoignage de Villemain, à occuper, pendant une semaine, toute l'attention du professeur. Il ne faut pas supprimer cet enseignement menacé par l'esprit positiviste et utilitaire qui avance et envahit déjà l'Université. De ces brillantes leçons, si conformes au génie français, sont nés les beaux livres d'Ozanam, de Villemain, de Saint-Marc Girardin et de tant d'autres professeurs dont les noms et les œuvres sont chers à la jeunesse française. Voudrait-on supprimer le Collège de France, parce qu'il n'a pas des résultats pratiques, parce que ses professeurs ne confèrent pas de grades et ne s'adressent pas à des étudiants? Il ne faut ni décourager nos brillants professeurs, ni disperser leur auditoire, ni méconnaître à la fois leur vocation et les exigences de l'esprit français en leur demandant de se dévouer exclusivement, dans l'enceinte étroite d'une école, à préparer des élèves à la licence et au doctorat. Il faut conserver les maîtres des conférences et ne pas sacrifier les professeurs estimés et goûtés de nos principales facultés.

IV

Je parle de réformes, et je vois, dans des camps opposés, des hommes séparés par un abîme, demander la suppression définitive des facultés de théologie. Les uns nous font un crime de représenter l'idée religieuse, au sein de l'Université; les autres nous accusent de méconnaître les droits de l'Église et d'accepter le rôle odieux de théologiens d'État; d'autres, enfin, nous reprochent de demander l'impossible et de (poursuivre une chimère), en souhaitant l'union fraternelle des professeurs et des étudiants, dans le conseil de l'Université. Je voudrais répondre à ces difficultés et faire tomber ces préjugés.

Vingt fois les ennemis de l'Église nous ont accusé d'élever une haute muraille de séparation entre l'Église et la société moderne; ils nous reprochent ce qu'ils appellent, avec autant de bruit que d'injustice, notre intolérance aveugle et notre opposition systématique aux tentatives qui sont faites pour réconcilier les classes rivales de la société. Puis, si un prêtre leur tend la main et les convie à travailler ensemble à cette œuvre de pacification évangélique, ils s'irritent, répondent par une ridicule accusation de superstition, de fanatisme ou d'ignorance, et ils pratiquent eux-mêmes, avec des rigueurs offensantes pour notre dignité personnelle, l'intolérance qu'ils attribuent gratuitement aux défenseurs de la vérité chrétienne.

Je n'en citerai qu'un exemple.

« L'Allemagne a été lente, écrit un membre de notre Université, dans son évolution religieuse; elle a procédé par transformations et par transitions; elle a prolongé, par la réforme, la vie du christianisme, et l'histoire peut seule expliquer la formation de cet état d'esprit bizarre, exprimé par le mot religiosité, où se rencontrent en ce pays des croyants sans formule précise, des sceptiques que le doute n'a pas rendus haineux, des athées même, car on a en Allemagne une façon religieuse d'être athée. Et c'est pourquoi on y conserve encore les vieilles formes, et l'on fait réciter le catéchisme à l'école et au gymnase. Pour nous qui, sans traverser cet état d'esprit, avons sauté d'un bond, selon notre façon, de Bossuet à Voltaire, nous sommes fort au-delà du point où l'Allemagne s'est arrêtée. Retourner en arrière est impossible : il nous faut laisser le passé dans l'histoire comme un sujet d'études et ne pas encombrer notre marche. L'université de l'avenir étudiera toutes les religions, les mortes et les vivantes, comme de nobles phénomènes par lesquels se manifeste la vie de l'humanité; elle les comparera les unes aux autres, déterminera les conditions diverses qui leur auront donné cette grande diversité de formes, découvrira les relations de ce prétendu absolu avec le relatif et le contingent. Il ne sera pas besoin d'instituer pour cela une faculté des sciences religieuses : l'étude des religions fait partie de l'histoire et de la philosophie. Le principal caractère de nos écoles sera d'être des écoles de science et de raison, comme il convient à un peuple que l'on dit enthousiaste et léger, mais qui est condamné à faire avant tous les autres et sous leurs yeux la redoutable expérience de vivre sous la conduite de la seule raison (1). »

La conservation du sentiment religieux et l'état florissant des facultés de théologie dans cette Allemagne, que l'on se plaît à considérer comme la plus savante des nations modernes, frappent l'attention, et défient toute négation. La logique nous commanderait de conclure ainsi : Il faut donc reconnaître qu'il n'y a pas entre la religion et la science cette opposition dont parlent sans cesse les ennemis aveuglés de l'idée religieuse. Mais non, la logique embarrasse peu, et l'on se contente d'affirmer qu'il faut attribuer à l'influence de la réforme la conservation de l'enseignement théologique et du sentiment religieux en Europe. Mais ce n'est pas, sans doute, la réforme qui a perpétué les croyances religieuses et l'enseignement de la théologie dans les provinces rhénanes si profondément attachées à la foi de leurs pères, ni dans l'Autriche, ni dans les centres de la Hongrie, ni en Espagne, en Italie et au Portugal, et dans les grandes nations catholiques où l'esprit de la réforme n'a jamais été dominant. D'ailleurs, on s'éloigne de la question.

Vous prétendez que la France a fait un bond de Bossuet à Voltaire, et que nous sommes bien au-delà du point où l'Allemagne s'est arrêtée. J'ai une idée plus haute de la valeur morale, intellectuelle et religieuse de notre pays. La France ne fait pas de bond, et je dirais d'elle ce que Leibniz écrit de la nature : *Nihil per saltum.* A côté des faux prophètes pessimistes et suffisants qui prédisent, depuis dix-huit siècles, le dernier jour de la religion chrétienne et la disparition prochaine de cette Église, qui se contente de répondre en bénissant leurs funérailles, il y a des écrivains qui prétendent nous apprendre comment les dogmes finissent. et, par une étrange illusion de conscience, ils attribuent à la France leurs propres sentiments, en s'écriant : La France est voltairienne! Soyons plus modestes et nous serons plus justes. Le siècle de Voltaire a fini dans la boue et le sang. Le dix-neuvième siècle s'est levé avec Chateaubriand et le Concordat. Frayssinous, Ozanam, Lacordaire, Montalembert, Ravignan et vingt autres, dont les noms

(1) *Universités allemandes et Universités françaises.*

célèbres ne seront jamais oubliés, nous rappellent. que la religion chrétienne en France n'est pas morte, et qu'elle a ses défenseurs illustres. A toutes les époques de notre histoire, la vérité et l'erreur, le bien et le mal, l'idée religieuse et l'athéisme se disputent sous des formes diverses le règne libre des esprits. Un siècle n'appartient ni à Voltaire ni à un autre. D'ailleurs, aux yeux des positivistes contemporains, Voltaire est déjà un rétrograde; il croyait à l'immortalité de l'âme et à l'existence de Dieu.

Les prédictions prétentieuses des pessimistes modernes nous laissent tranquilles, et ces tableaux lamentables de la société chrétienne, faits avec tant de complaisance, par des écrivains qui ne l'ont jamais ni fréquentée, ni connue, ne peuvent être qu'une consolation inoffensive accordée aux esprits qui veulent se passer de toute religion.

C'est bien, en effet, la pensée d'écarter toute religion de l'enseignement officiel qui vous inspire, quand vous écrivez que « le principal caractère de nos écoles sera d'être des écoles de science et de raison ». Tant que les universités de l'Europe auront la faiblesse de s'occuper encore de religion, de conserver des facultés de théologie, de reconnaître les droits de Dieu, elles n'auront pas encore l'honneur, à vos yeux, d'être des écoles de science et de raison. — Voilà un singulier raisonnement. — Nommez les grandes universités de l'Allemagne : Munich, Tubingen, Bonn, Wurtzburg, Fribourg; énumérez les universités florissantes de l'Autriche-Hongrie : Lemberg, Vienne, Gratz, Pesth, Inspruck ; visitez les vieilles universités de Cambridge et d'Oxford, partout, dans ces écoles de science, de progrès, de travail fécond et libre, vous retrouvez l'influence salutaire de l'idée religieuse; et l'enseignement supérieur de la théologie est donné dans les chaires voisines des chaires occupées par les savants les plus illustres de notre temps. Voilà bien la preuve historique, matérielle, vivante, de l'alliance de la science et de la religion, voilà bien la condamnation éclatante de l'athéisme promis aux écoles de l'avenir; mais non, on ne craint pas de nous dire, avec un sourire dédaigneux, que ces grandes institutions ne méritent pas le nom d'écoles de science et de raison, parce qu'elles ne sont pas encore affranchies de la superstition religieuse et de la croyance aux réalités éternelles du monde invisible.

Qu'on ne se fasse pas illusion! C'est bien l'athéisme que certains écrivains, heureusement sans disciples, voudraient introduire et faire dominer dans les universités de l'avenir. Pourrait-on donner un autre sens à cette déclaration douloureuse pour nos consciences : « L'université de l'avenir étudiera les relations de ce *prétendu absolu* avec le relatif et le contingent (1). » Or, ce prétendu absolu, c'est le Dieu de la philosophie spiritualiste, de la théologie chrétienne et de l'humanité, et cette proposition présentée dans sa simplicité provocante doit être ramenée à cette formule : « L'université de l'avenir étudiera les relations de ce prétendu Dieu avec le relatif et le contingent. »

Ainsi, quand des hommes de conciliation généreuse et de tolérance, profondément dévoués à leur pays, s'adressent à vous, et vous disent en jetant les yeux sur les nations les plus florissantes de l'Europe : Oublions nos querelles; la France est divisée et malheureuse, travaillons ensemble à relever dans les consciences l'idée religieuse, le sentiment du respect, et à préparer des générations savantes et chrétiennes, vous nous répondez par une déclaration de guerre et par une profession de foi d'athéisme! En vérité, n'est-il pas évident que par ces manifestations heureusement isolées, vous découragez les hommes de paix et de conciliation, vous justifiez les représailles des partis extrêmes dont vous blessez cruellement les sentiments les plus délicats et les plus respectables, vous les obligez à serrer leurs rangs pour défendre, avec toute l'énergie de leurs convictions blessées, contre des attaques dont le succès serait, à leurs yeux, le déshonneur de la France, la foi religieuse et les principes éternels qui leur sont infiniment plus chers que les dignités, la fortune et la vie !

Il s'agit bien de retourner en arrière! Il y a quelques jours, le journal *la Nation*, de Berlin, m'accusait « de vouloir faire tourner en arrière la roue de l'histoire », l'accusation est plaisante, et je me suis contenté d'en sourire. Mais quand je vois des hommes qui ont la volonté de parler en maîtres à la jeunesse française, faire de l'athéisme l'idéal de l'avenir; quand je les entends condamner avec une inqualifiable légèreté les universités florissantes de l'Europe et nos vieilles universités, en haine de l'idée chrétienne et de l'idée même de Dieu; quand je les vois tenter d'arracher de l'âme humaine ses espérances religieuses et ses plus fermes croyances, froidement et avec intention, alors, je l'avoue, je me trouble, et

_____

(1) *Universités allemandes et Universités françaises.*

relevant l'injure qui nous est faite, quand on nous accuse d'intolérance, je réponds : c'est vous qui manquez au respect de la France, au respect des âmes, au respect de la liberté d'autrui.

Et ne voyez-vous pas qu'en présence de ces refus de conciliation, non seulement vous autorisez, mais vous obligez les catholiques à vous dire : Vous nous chassez de l'enseignement, vous refusez notre concours, laissez-nous donc la liberté de parler et d'enseigner chez nous, comme nous l'entendons ; rendez-nous les universités libres, et si la tempête révolutionnaire ne vient pas encore une fois ruiner subitement notre œuvre, vous verrez, dans quelques années, de quel côté seront la moralité, la vraie science, le progrès et les réserves pleines d'espérances de la France de demain.

Quoi qu'il arrive, j'entends rester fidèle à la cause, trop souvent délaissée, de la tolérance chrétienne et de la conciliation. On nous répond, dans un autre camp, par la qualification de théologiens d'Etat.

V

Après la Révolution, le cardinal Fesch et un prêtre illustre dont le clergé français doit être fier, M. Emery, supérieur général de la Compagnie de Saint-Sulpice, autorisés par Napoléon Ier, préparèrent le décret de 1808, qui donnait une organisation nouvelle aux facultés de théologie de Paris, Lyon, Aix, Bordeaux et Rouen. Les professeurs devaient être nommés par le gouvernement et par l'archevêque métropolitain.

Ce décret est encore en vigueur.

Voilà les professeurs que des hommes étrangers, sans doute, à ces hautes questions persistent à désigner sous le nom de théologiens d'Etat.

Si l'on veut dire que nous sommes profondément dévoués à la France, que nous prenons part à ses joies et à ses tristesses, à ses fêtes et à ses deuils ; que nous souhaitons de toute notre âme sa grandeur intellectuelle, morale et matérielle ; que nous rêvons pour elle le premier rang parmi les nations civilisées et guerrières, que nous applaudissons à tous les efforts des économistes pour diminuer la misère, des savants pour dissiper l'ignorance, des hommes de bien pour élever le niveau moral et religieux ; que la vie de la France est notre propre vie, oui, nous sommes, en ce sens, des théologiens d'Etat, et nous acceptons volontiers l'honneur de ce nom.

Si vous nous appelez encore théologiens d'État, parce que nous voulons respecter les adversaires dont nous combattons sans trêve les mauvaises doctrines, éviter les injures personnelles, séparer le véritable enseignement de l'Eglise des opinions humaines et des exagérations dangereuses qui voilent sa beauté et retardent son triomphe, ne reculer devant aucun sacrifice pour gagner pacifiquement les hommes à la cause de la vérité, oui, nous sommes des théologiens d'Etat, et nous voulons suivre le divin précepte de l'Evangile : N'éteignez pas le lumignon qui fume encore, et ne brisez pas le roseau à demi froissé.

Mais si vous entendez par théologiens d'Etat, des hommes coupables qui caressent le rêve criminel d'une Église nationale, et livrent, par un marché honteux, l'Eglise du Christ à ses ennemis implacables; des hommes qui trahissent leur caractère, leurs engagements solennels, leur mission auguste, pour s'abaisser au rôle de courtisan déshonoré de la puissance temporelle de César, alors votre qualification est une injure et vous n'avez pas le droit de l'adresser à des hommes qui ne consentiront jamais à effacer une syllabe de l'Evangile, et qui sont prêts à défendre au prix de leur vie, et dans son intégrité, l'enseignement de l'Eglise de Jésus-Christ.

Mais non, nous sommes des théologiens d'État, parce que notre élection est faite simultanément par l'Eglise et par l'Etat, parce qu'elle n'est pas faite exclusivement par la puissance spirituelle!

Il faudrait donc appeler aussi théologiens d'Etat, ces professeurs illustres des vieilles universités d'Allemagne, de Fribourg, de Munich, d'Inspruck, de Bonn, de Lemberg, nommés simultanément par l'autorité spirituelle et par l'autorité temporelle, par l'évêque et par le souverain qui appartient même quelquefois à la religion réformée. Jamais, cependant, en Allemagne, on n'a fait un crime à des professeurs de théologie de relever à la fois de l'Eglise et de l'Etat. Jamais en France, on n'a eu la pensée d'appeler chanoines d'Etat, grands vicaires d'Etat, évêques d'Etat, ces chanoines, ces grands vicaires, ces évêques qui, depuis le Concordat, sont nommés par le choix libre de l'Eglise et du gouvernement. Je n'insiste pas sur ce point.

VI

L'inévitable opposition d'opinions scientifiques et de croyances religieuses dans notre temps est-elle enfin un obstacle insurmontable à l'union et aux rapports bienveillants qui doivent régner dans l'Université, entre les professeurs des diverses facultés?

Nous ne le pensons pas.

Sans doute, un tel état n'est pas notre idéal. Notre idéal, c'est l'Université composée d'hommes qui ne cherchent plus la vérité religieuse, mais qui la possèdent ; c'est l'assemblée heureuse et pacifique des professeurs unis par les mêmes croyances religieuses et par les mêmes espérances, animés d'un même esprit et d'une même volonté ; savants qui ont parcouru, exploré, approfondi des parties différentes du champ universel des connaissances humaines et qui font converger vers la vérité chrétienne les rayons partis des foyers de toutes les sciences dont ils ont le secret, et dont ils connaissent les avenues. Là, toutes les forces de l'esprit humain en pleine possession de la vérité chrétienne qui cesse d'être un objet de discussion, s'unissent, se complètent, se fortifient pour imprimer aux intelligences un mouvement puissant vers le terme surnaturel de la vie.

Mais nous vivons dans une société mêlée et confuse et dans un siècle où les opinions philosophiques, les systèmes religieux, les affirmations contraires, les négations hautaines et tranchantes, se croisent et se heurtent sans faire encore jaillir la lumière, et nous attendons là-haut le jour de l'union de tous les esprits et de l'apparition totale de la vérité suprême, après les longs combats de la vie.

Cependant, je ne vois pas dans cette opposition de vues et de croyances un obstacle insurmontable à la conservation d'un enseignement théologique, au sein de l'Université.

Ici encore, j'invoquerai l'expérience et je m'appuierai sur des faits.

L'opposition des opinions scientifiques et des croyances religieuses n'empêche pas l'union fraternelle de régner encore aujourd'hui dans les plus célèbres universités d'Allemagne et de Hongrie; A Tubingen, Bonn et Breslau, les professeurs des diverses confessions religieuses, catholiques et protestants, dont les droits et les privilèges sont réglés par la loi et par l'usage, vivent ensemble sans froissement et sans discussion. Il y a un mois à peine, je parcourais, dans le vestibule et sous le péristyle de la célèbre université de Bonn, les programmes des cours des vieux-catholiques, des catholiques et des protestants; les étudiants se croisaient sans hostilité ni défiance, devant ces tableaux qui commencent par le salut traditionnel : *Commilitonibus* et se termine par l'adieu classique : *Valete.*

Chaque faculté conserve son indépendance et entretient, avec les facultés voisines, des rapports de déférence et de courtoisie.

La suppression des facultés de théologie ne ferait pas cesser, d'ailleurs, la diversité des opinions religieuses dans les facultés de l'État. Que de fois, pendant les dix-sept années de notre enseignement à la Sorbonne, avons-nous constaté la plus grande variété d'opinions et de croyances entre les facultés de lettres, de science, de médecine et de droit. Que de fois, d'autres, avant nous, ont pu remarquer aussi cette variété dans chaque faculté. A côté d'Ozanam, de Villemain, de Saint-Marc Girardin, de Saint-René Tallandier, de Lacroix et de tant d'autres dont je pourrais évoquer le souvenir, tous également chrétiens par leur enseignement et par les pratiques de la vie, on entendait des professeurs sceptiques, déistes, rationalistes, indifférents ou mêmes hostiles aux croyances chrétiennes, et non seulement leurs rapports n'étaient pas troublés par la différence de leurs croyances, mais en voyant auprès d'eux, dans le commerce familier de la vie, ces chrétiens éminents qui ne cachaient pas leurs drapeaux, les positivistes et les rationalistes étaient obligés de rendre hommage à leur talent, et de confesser enfin que la science et la foi peuvent se rencontrer et se rencontrent souvent dans un grand esprit.

Il reste, cependant, une dernière et sérieuse difficulté.

L'existence des facultés de théologie, justifiée par les hautes raisons que je viens d'exposer, est-elle contraire à l'institution des séminaires, dans notre pays?

Non. Il faut élever le niveau des études dans les séminaires et créer l'enseignement supérieur de la théologie. Les raisons qui commandent impérieusement la conservation des séminaires, découlent des prescriptions du Concile de Trente et de l'histoire même de notre Université.

VII

Jacques de Vitry, curé d'Argenteuil, nous a laissé un tableau de l'état lamentable, humiliant, des clercs et de la jeunesse de notre vieille Université, aux premières années du treizième siècle et pendant la brillante période du moyen âge. C'est une condamnation fortement motivée de l'externat, pour les étudiants en théologie.

« Les clercs ne comptaient pas pour péché la simple fornication. Les femmes prostituées arrêtaient dans les rues les clercs qui passaient, pour les entraîner chez elles presque par force. S'ils refusaient, elles les accusaient de débauches criminelles : on tenait à honneur d'avoir même plusieurs concubines. En une même maison étaient, en haut, des écoles ; en bas, des lieux infâmes. Les clercs qui faisaient le plus de dépenses, étaient les plus estimés. On traitait d'avares et d'hypocrites, ou de superstitieux, ceux qui vivaient frugalement et pratiquaient la piété. La plupart étudiaient par curiosité, par vanité ou par intérêt ; peu, pour l'édification. Ils étaient divisés, non seulement, par leurs sectes d'école, mais par la diversité des nations : Français, Anglais, Normands, Poitevins, Bourguignons, Bretons, Lombards, Siciliens, Brabançons, Flamands. On reprochait à chaque nation quelque vice particulier, et, des paroles, on en venait souvent aux coups. Or, les écoliers étant clercs pour la plupart, tombaient ainsi dans l'excommunication portée contre ceux qui mettaient la main avec violence sur les clercs, et dont il n'y avait que le pape qui pût absoudre (1). »

Tel était, en 1210, l'état des jeunes élèves dans l'université de Paris. L'externat était loin d'être favorable à la conservation des mœurs des pauvres clercs et au développement tranquille des vertus nécessaires à l'état ecclésiastique. On comprend les inquiétudes douloureuses que devaient éprouver les évèques, et leur désir de réprimer ces lamentables abus.

Dix ans plus tard, en 1220, la situation ne paraît pas meilleure, et nous voyons le vénérable et saint évêque de Paris, Guillaume de Seignelai, sévir avec une vigueur apostolique contre les insolences de quelques écoliers de Paris, qui commettaient des rapts, des adultères, des vols, des meurtres, troublant la paix et la sûreté publique, non seulement à l'égard des écoliers, mais encore des bourgeois.

Déjà « l'official de Paris avait rendu une sentence portant excommunication contre les clercs, les écoliers et leurs serviteurs qui marchaient dans Paris, avec des armes, ou de jour ou de nuit, sans la permission de l'évêque ou de l'official. Il excommunia aussi ceux qui enlevaient les femmes, forçaient des maisons, violaient des filles, ou s'assemblaient pour commettre de tels crimes. »

(1) Fleury, *Hist. ecclés.*, t. XI, l. LXXVI, p. 201.

Je ne dis pas que nous verrions se renouveler aujourd'hui les mêmes excès dont je viens de rappeler le souvenir, et que les élèves en théologie, mêlés aux étudiants des autres facultés, se laisseraient gagner par les séductions du vice, plutôt que de subir le charme sévère de la vertu, je ne fais pas de comparaison inutile, mais je ne suis pas surpris de voir les évêques réunis au concile de Trente, et décidés à mettre un terme à ces excès, s'occuper énergiquement de la discipline ecclésiastique et de la réforme des clercs.

Ces évêques, divisés sur tant d'autres questions, furent unanimes à demander la fondation des séminaires pour la formation du jeune clergé.

Ils s'occupèrent, dans la vingt-troisième session, de régler l'ordre et la manière de procéder dans l'érection des séminaires, et leur pensée exprimée dans un long décret est l'un des plus remarquables et des plus sages qui aient été votés.

Aux termes de ce décret, les églises cathédrales doivent avoir chacune auprès d'elle un collège ou séminaire pour l'éducation d'un certain nombre de jeunes gens de la ville, du diocèse ou de la province qui auront des dispositions marquées pour l'état ecclésiastique. Les évêques doivent choisir ces jeunes élèves, de préférence, parmi les pauvres, sans exclure néammoins les riches. Les premiers sont reçus gratuitement, les seconds sont nourris à leurs dépens. Ces jeunes élèves seront divisés en autant de classes qu'il plaira à l'évêque, suivant leur âge et leur progrès, habillés cléricalement, formés à la connaissance de la théologie, des homélies des Pères, des ouvrages ecclésiastiques, et instruits pour l'administration des sacrements. Le décret règle encore tout ce qui concerne les fondations des séminaires et les moyens de les doter pour assurer leur existence, leur avenir et leur sécurité.

VIII

Le décret du Concile de Trente répondait aux besoins les plus impérieux de l'Eglise, et les saints évêques répandus dans l'Europe chrétienne se hâtèrent de concilier avec une sagesse pleine de clairvoyance l'institution des séminaires et l'enseignement supérieur de la théologie. Ils n'eurent jamais la pensée de sacrifier ou les séminaires ou ce haut enseignement si nécessaire à l'honneur de l'Église et à l'apologétique chrétienne.

A côté des séminaires diocésains qui se multiplient, après le Concile de Trente, en Belgique et en France, nous voyons des collèges ou séminaires académiques, établis auprès des universités célèbres, telles que celles de Louvain et de Douai. C'est là que les évêques envoyaient les sujets les plus distingués par la vertu et la capacité, pour y prendre leurs grades, après avoir fait une étude plus approfondie de la science sacrée.

L'Allemagne a conservé l'institution du séminaire, où les élèves qui ont fréquenté pendant trois ans les cours de la faculté de théologie, viennent se recueillir et se préparer au sacerdoce. Les maîtres qui donnent la science aux élèves occupés exclusivement des études et des travaux intellectuels laissent, à d'autres prêtres dont la science égale le zèle, le soin de se consacrer ensuite à la formation morale et sacerdotale des jeunes clercs.

En 1808, le cardinal Fesch, chargé par l'empereur de rétablir dans notre histoire ecclésiastique l'unité rompue par la révolution française, eut la pensée de créer des *séminaires métropolitains*, distincts des autres séminaires, rattachés immédiatement aux facultés de théologie et destinés à donner aux élèves un enseignement théologique à la hauteur des autres sciences et en rapport avec le mouvement d'attaque et la variété d'objections des ennemis de l'Église.

Il restait fidèle à la tradition. En effet, avant la révolution, sous les anciens supérieurs du séminaire Saint-Sulpice, les élèves se rendaient tous les jours en Sorbonne, à la faculté de théologie dont ils suivaient les cours ; ils prenaient des notes, écrivaient, sous la dictée, ce qu'on appelait à cette époque *les cahiers des professeurs*, et retrouvaient ensuite au séminaire, avec le recueillement indispensable à l'étude, les exemples et les leçons nécessaires à leur vocation.

M. Emery qui voulait rester inébranlable dans sa fidélité à l'esprit de ses pères et aux traditions de sa compagnie, eut soin de rétablir cet usage, quand le décret de 1808, auquel il n'avait pas été étranger, eut rétabli dans leur chaire de Sorbonne, les anciens professeurs. Les élèves de Saint-Sulpice reprirent alors le chemin de cette faculté que leurs aînés avaient fréquentée pendant tant d'années. Ils s'y mêlaient aux argumentations solennelles, aux brillantes soutenances de thèses, et s'intéressaient à l'enseignement renouvelé de leurs anciens professeurs.

« Je regrette, nous écrivait, récemment, notre digne ami Hettieger, l'illustre professeur de Wurtzbourg, que les facultés et les universités de France, qui étaient encore si florissantes au siècle dernier, aient perdu, par l'injure des temps et la faute des hommes, leur ancienne autorité. Les séminaires qui se réservent exclusivement aujourd'hui la fondation des élèves en théologie ne pourront jamais faire ce que ferait une faculté. Ils forment le clergé paroissial, et ne peuvent pas former le clergé savant.

. . . .

« Dans un livre que j'ai intitulé : *la Situation religieuse et sociale à Paris*, j'avais exprimé, il y a déjà vingt ans, mon estime et mon admiration pour le clergé français si dévoué et si vertueux, mais vous conviendrez avec moi que l'on peut désirer plus de zèle pour les lettres et les sciences. Je désire que l'on donne aux facultés, et surtout à la Sorbonne, son ancienne autorité. »

IX

La distinction faite par le célèbre docteur de Wurtzbourg entre les séminaires et les grandes écoles de théologie est conforme aux vœux de l'Eglise et aux nécessités du temps présent.

J'admire et je n'ai jamais cessé d'admirer avec un respect filial cette Compagnie de Saint-Sulpice, fondée par M. Olier, louée par les évêques les plus illustres de France, la mère dévouée de la partie la plus considérable de notre clergé, pieux, modeste et attaché à l'Église par une volonté plus forte que toutes les épreuves. Elle a vu et elle voit encore dans ses rangs, à côté de saints prêtres dont la haute vertu effraie notre faiblesse, des orientalistes, des hellénistes, des hébraïsants, des théologiens, des philosophes de grand vol et de premier ordre, et l'on ne sait ce qu'il faut louer davantage, ou la haute science des prêtres de Saint-Sulpice, ou leur modestie qui s'irrite de toute vaine louange et qui a horreur de la célébrité. Mais ces hommes de Dieu ont été réunis et choisis avant tout pour former des prêtres; aussi ils ne descendent jamais des plus hauts sommets où ils voient dans la personne du Christ, la perfection du sacerdoce. Ils ont pour mission non seulement de former le prêtre à l'image de cet idéal si élevé, mais de le préparer encore à ce rude ministère et à ces souffrances poignantes que l'on ne connaît pas, quand on ne s'est pas assis au foyer solitaire d'un curé de campagne.

Ce prêtre que l'on voit trop souvent à travers les descriptions fantaisistes des poètes, ou dans le ministère brillant des grandes villes, ce n'est pas ce curé de campagne que nous avons connu, appelé à passer sa vie dans l'isolement, la pauvreté, les déboires, les dégoûts amers dont il est sans cesse abreuvé. Séparé de ses confrères par de mauvais chemins ou de longues distances, privé de ces publications scientifiques, livres, revues, mémoires que son état précaire ne lui permet pas d'acheter et qui donneraient un rafraîchissement à son âme altérée; obligé de descendre au niveau de ses auditeurs ignorants que les hautes considérations fatiguent et ennuient; condamné trop souvent à braver l'impopularité, la haine aveugle, la colère étroite et insatiable ou d'un fonctionnaire improvisé, ou d'un maître d'école incrédule, ou d'un libre penseur incapable de penser; oublié d'autres fois, et perdu dans une paroisse étrangère à toute pratique religieuse, où l'herbe pousse sur le chemin de l'église abandonnée; dénoncé enfin et calomnié par l'envie que sa présence importune, croyez-vous que cet homme n'a pas besoin d'un courage surhumain, de vertus surnaturelles, d'une foi inébranlable, d'une préparation morale toute particulière pour rester là, dix ans, vingt ans, toute sa vie, sans découragement et dans l'honneur de son ministère? Et ne voyez-vous pas que c'est déjà une glorieuse mission d'être chargé de faire connaître à de jeunes élèves ces réalités douloureuses de la vie et de former un prêtre qui saura braver, sans défaillance, de telles épreuves?

Que l'on demande aux directeurs de séminaire d'élever encore le niveau des études, de multiplier les argumentations, de substituer aux exercices de mémoire les travaux écrits, qui exigent l'attention, la réflexion, de développer l'initiative personnelle en donnant le goût du travail libre; qu'on leur demande aussi de rajeunir les discussions par une exposition sincère des erreurs nouvelles, des objections les plus récentes des sciences naturelles; d'inspirer aux élèves le goût de la botanique, de la géologie, de la minéralogie, de ces sciences dont l'étude commencée au collège, exige peu de frais, et que l'on peut approfondir dans les trop longs loisirs d'une vie solitaire, je le veux bien; l'étude élémentaire de ces sciences profanes n'est pas incompatible avec la pratique des sciences purement ecclésiastiques, mais il faut laisser à d'autres maîtres, dans une autre enceinte, la mission de donner un enseignement supérieur.

« Vous savez, écrivait Fénelon à M. Leschassier, supérieur du séminaire Saint-Sulpice, combien j'aime et révère la mémoire de M. Tronson qui m'avait servi de père pour la vie ecclésiastique.

Quoique je n'aie jamais vu M. Olier, je n'ai rien ouï dire de sa conduite et de ses maximes qui ne m'ait fait une profonde impression, et qui ne me persuade que l'esprit de grâce l'animait. Je prie souvent Dieu que ce premier esprit de simplicité et d'éloignement du siècle se conserve dans Saint-Sulpice. *Si le goût de l'esprit et de la science éclatante s'y introduisait insensiblement, l'ouvrage de M. Olier et de M. Tronson ne subsisterait plus.*

« Vous savez, d'ailleurs, Monsieur, quelle était leur horreur de la nouveauté. Il faut espérer que votre zèle et votre fermeté soutiendront malgré tant de périls une maison qui est une source de grâces pour tout le clergé.

« Je serai toute ma vie avec un véritable attendrissement de cœur dévoué à Saint-Sulpice (1). »

Je m'arrête à ces belles paroles de l'évêque de Cambrai. Il faut conserver nos séminaires et renouveler l'enseignement supérieur de la théologie.

X

Verrons-nous tomber enfin l'hostilité dédaigneuse des ennemis de l'Eglise, les défiances pénibles et prolongées de certains chrétiens, et renaître en France les beaux jours de l'enseignement supérieur de la théologie? — Je l'ignore. Les hommes de conciliation ne sont pas entendus; la clameur des hommes de colère couvre leur voix.

Mais si la Sorbonne est condamnée à disparaître; si ses chaires doivent être occupées par des professeurs animés d'un esprit hostile à l'enseignement six fois séculaire dont elle a conservé l'écho, ne laissez pas debout au portique de son antique chapelle les statues de saint Thomas et de Bossuet, de saint Bonaventure et de Gerson, de ces maîtres fameux de notre ~~antique~~ maison. Ils seraient là comme une fière protestation du passé contre le présent, et leur vue entretiendrait encore dans notre âme l'espérance d'une réparation, que la Providence ne refusera pas, j'en ai la ferme conviction, à ceux qui défendent, sans amertume ~~dans~~ leur anxiété, les causes trop souvent menacées de la religion, de la justice et de la pacification du pays.

(1) *Lettre de Fénelon,* du 22 mars 1706.

PARIS. — E. DE SOYE ET FILS, IMPRIMEURS, 18, RUE DES FOSSES-SAINT-JACQUES.

OUVRAGES DE M. L'ABBÉ MÉRIC

PROFESSEUR A LA SORBONNE

SOUS PRESSE

M. ÉMERY ET L'ÉGLISE DE FRANCE PENDANT LA RÉVOLUTION, avec portraits et documents inédits, 2 beaux vol. in-8°.

PARIS. — E. DE SOYE ET FILS, IMPRIMEURS, 18, RUE DES FOSSÉS-SAINT-JACQUES.

www.ingramcontent.com/pod-product-compliance
Lightning Source LLC
Chambersburg PA
CBHW061618180626
46818CB00005B/2128